la courte échelle

Les éditions de la courte échelle inc.

Josée Plourde

Josée Plourde a grandi à Cowansville dans les Cantons de l'Est. C'est là qu'à neuf ans elle publie son premier texte dans un magazine destiné aux professeurs. Elle a étudié en écriture dramatique à l'École nationale de théâtre à Montréal. Depuis, elle a écrit des romans, des nouvelles, des pièces de théâtre et des textes pour des livres scolaires. Comme scénariste, elle a collaboré à de nombreuses émissions de télévision pour les jeunes, dont *Le Club des 100 Watts*, *Télé-Pirate* et *Watatatow*. De plus, elle participe à des tournées dans les écoles et dans les bibliothèques, ce qui lui permet de rencontrer des centaines de jeunes lecteurs chaque année.

Josée Plourde a des projets plein la tête et des idées plein la plume. Et même si elle aime la solitude, cela ne l'empêche pas d'entretenir une grande passion pour les jeux de société. Elle en fait même la collection!

Doris Barrette

Doris Barrette a illustré des dizaines d'albums, de romans, de livres documentaires sur les sciences naturelles et de livres scolaires, et ses oeuvres ont été exposées plusieurs fois au Québec et en Europe. À la courte échelle, elle est l'illustratrice de la série Annette de Élise Turcotte, publiée dans la collection Premier Roman. C'est également elle qui a fait les illustrations de l'album *Grattelle au bois mordant* de Jasmine Dubé, paru dans la série Il était une fois.

Doris Barrette partage une grande passion avec les enfants gourmands du monde entier: les desserts et le chocolat. *Claude en duo* est le quatrième roman pour les jeunes qu'elle illustre à la courte échelle.

De la même auteure, à la courte échelle

Collection Premier Roman
Un colis pour l'Australie
Une voix d'or à New York

Collection Roman Jeunesse
Les fantômes d'Élia

Collection Roman+
Solitaire à l'infini

Josée Plourde

CLAUDE EN DUO

Illustrations
de Doris Barrette

la courte échelle
Les éditions de la courte échelle inc.

Les éditions de la courte échelle inc.
5243, boul. Saint-Laurent
Montréal (Québec) H2T 1S4

Conception graphique:
Derome design inc.

Révision des textes:
Andrée Laprise

Dépôt légal, 1er trimestre 2001
Bibliothèque nationale du Québec

La courte échelle reconnaît l'aide financière du gouvernement du Canada par l'entremise du Programme d'aide au développement de l'industrie de l'édition pour ses activités d'édition. La courte échelle est aussi inscrite au programme de subvention globale du Conseil des Arts du Canada et reçoit l'appui du gouvernement du Québec par l'intermédiaire de la SODEC.

La courte échelle bénéficie également du Programme de crédit d'impôt pour l'édition de livres – Gestion SODEC – du gouvernement du Québec.

Données de catalogage avant publication (Canada)

Plourde, Josée

Claude en duo

(Roman Jeunesse; RJ99)

ISBN: 2-89021-438-9

I. Barrette, Doris. II. Titre. III. Collection.

PS8581.L589C52 2001 jC843'.54 C00-941858-X
PS9581.L589C52 2001
PZ23.P56Cl 2001

Chapitre I
Une jumelle pour Claude

Je meurs d'envie d'être son amie. Je n'aime pas ses cheveux, ni ses vêtements ni ses copines, mais je meurs d'envie d'être son amie. La première fois que je l'ai vue, c'était au camp d'été. Elle chantait *T'as brisé tes chaînes*, et j'ai tout de suite aimé sa façon de faire les choses. Ça s'est gâté plus tard.

Elle s'appelle Anne et moi, Claude. Ce jour-là au camp du Centre des loisirs, j'ai immédiatement formé un beau projet. Nous pourrions être unies comme les deux doigts d'une même main et nous appeler tout simplement Anne-Claude.

Durant tout l'été, j'ai essayé de mon mieux d'approcher Anne. Les repas collectifs étaient les meilleures occasions. Malheureusement, je ne suis pas douée pour l'improvisation et mes efforts sont tombés à plat. La partie serait plus difficile que je l'imaginais. Mais il faut savoir que je suis persévérante à mort!

Je me suis retrouvée plus souvent qu'autrement près de Betty French. Il m'a fallu du temps pour comprendre. Et puis clic! j'ai saisi que miss voulait à tout prix être mon amie. Le monde à l'envers! Betty ne me tente pas. Elle est mignonne comme un coeur et ne ferait pas de mal à une mouche. C'est bien ce qui m'embête.

Je ne réussis jamais à approcher les gens qui m'intéressent. À croire que j'ai un don pour ça. Il faut dire que je ne suis pas facile à cerner. Sous des airs de gentille fille semblable aux autres, je suis un genre de phénomène. Ma soeur m'a surnommée l'Extraterrestre. Je ne suis pas si bizarre et dans ma classe, personne ne me connaît sous ce jour.

En deuxième année, ma vie a basculé, ce qui m'a mise dans une case à part dans mon groupe. Heureusement, Marthe était mon professeure et elle n'avait pas son pareil pour me protéger. J'ai raté l'école tellement souvent cette année-là. Sans compter les jours où je sortais de la classe pour souffler un peu.

Je n'ai pas très envie de raconter ça, ce n'est pas mon sujet de conversation préféré. On a tous nos histoires sombres dans le fond de nos placards. La mienne est triste et il ne faut pas s'appesantir là-dessus. L'important, c'est que tout le monde m'aime bien. Je le sais, mais des vrais amis, je crois que je n'en ai pas.

Qui a dit que l'amitié était facile à trouver? Personne. Parce que c'est faux. Depuis mon entrée au primaire, j'ai eu une dizaine de camarades. Mais un vrai coeur attaché au mien par des secrets et des téléphones interminables? Je n'en ai pas eu. Rendue en sixième année, il serait bien temps d'y voir.

Je n'ai sans doute pas grand chance. Anne est copain comme cochon avec Irène. Elles sont si pâmées de leur belle complicité qu'elles ne me remarquent jamais. De tout l'été, je n'ai pu prêter aucun livre à Anne, et son numéro de téléphone, il n'y a que l'annuaire pour me le livrer. Ce n'est pas la peine. Il faut que ce soit elle qui me l'offre.

Par contre, j'ai eu tout le loisir de l'observer. J'ai menti pour ses cheveux, je les adore. Ils sont blonds, épais et bouclés.

Ils tombent en cascade sur ses épaules comme dans les publicités de shampooing. Alors que les miens sont noirs et raides! Elle porte ses vêtements avec chic, même s'ils ne sont pas à la dernière mode. Il faut le dire, cette fille a du style.

Moi, dans le domaine vestimentaire, je fais le désespoir de ma mère. Maman est terriblement coquette et ne quitte jamais la maison sans s'assurer que tous ses vêtements sont coordonnés à ses chaussures et à son sac à main. Je suis plutôt du genre à me coller quelque chose sur le dos. Pour le style, on repassera.

Le camp de jour, vous l'aurez deviné, ce n'est pas mon choix. Rien à faire, ma mère travaille et elle ne veut pas me laisser à la maison toute seule comme un croûton. Mon frère et ma soeur ont des petits emplois d'été. Résultat, Claude va tous les jours faire semblant d'être aux oiseaux avec le groupe des Cardigans.

Je râle pour râler parce qu'en fait, je passe des journées formidables. Notre moniteur s'appelle Antoine, il a 22 ans et toutes les filles raffolent de lui. Je ne suis pas en reste, même si je sais bien qu'à son âge, il ne craquera pas pour des petites filles de sixième. Il faut bien s'amuser et dire des bêtises dans son dos quand il passe devant nous.

Tout compte fait, j'aime mieux être ici que de m'ennuyer chez moi, seule avec mon chien. J'adore Zabeth, mais elle ne

peut pas remplacer mes camarades. Nous avons monté un petit spectacle, fait une exposition de chapeaux, aidé à aménager le parc des petits. Tous les soirs quand je revenais à la maison, ma mère ne pouvait s'empêcher de me lancer:

— J'adore te voir t'amuser avec des jeunes de ton âge.

À la fin de la saison, le Centre de loisirs a organisé une grande soirée. Betty a insisté pour que nous chantions *Eldorado, rado, rado, rado*, une chanson rigolote de son invention. Je me suis lâchement laissé convaincre: un fiasco. Anne et Irène ont fait un numéro de danse synchronisée. Tout simplement parfait.

J'enrageais. Elles avaient l'air de jumelles. Moi aussi, je veux ma pareille. Et il faut que ce soit elle!

Chapitre II
Ma famille élargie

Dans ma famille, les amis sont ce que nous avons de plus précieux. La meilleure amie de ma mère s'appelle Monique. Elles se fréquentent depuis qu'elles sont toutes petites.

Il ne se passe pas une semaine sans que Monique mange à notre table. Ma mère et elle rient comme des gamines de trucs qui nous échappent complètement.

Elles se sont rencontrées à quatre ans. Elles étaient voisines et sont devenues tout de suite de grandes amies. Monique et Marie ont tout fait ensemble. Les bêtises du primaire, les conneries du secondaire, les premières amours. Elles se sont mariées à deux semaines d'intervalle, et elles ne se sont jamais quittées.

Monique est une fille en or. Elle n'a pas eu d'enfants et son mari est parti surfer sur les mers du Sud avec une superbe jeune demoiselle. Elle a demandé à nous adopter et nous avons tous accepté. C'est sûr que nous ne l'avons pas fait légalement et tout le tralala. Mais nous sommes un peu ses enfants.

Quand je dis «nous», je parle de mon frère, de ma soeur et de moi. Ma mère nous appelle souvent le trio, ce qui n'est

pas tout à fait exact. Un trio, c'est un groupe uni, il me semble. Nous trois, nous ne sommes pas toujours dans les meilleurs termes, même si au fond, nous nous adorons. Avoir un frère de 16 ans et une soeur de 15, ce n'est pas tous les jours Noël!

Ma soeur France nous a fait une grande surprise, il y a un an. Elle a invité à souper... son meilleur ami. Un gars! Il se nomme Pierre-Yves et ils sont vraiment copains. Comme des filles. Ces deux-là se ressemblent comme frère et soeur.

J'adore ce gars. Il a l'air doux comme un agneau et je préfère les gens qui ne hurlent pas avec les loups. Quand ma soeur s'accroche au téléphone avec une copine, son meilleur ami vient jaser avec moi dans ma chambre. Et, un bon point pour lui, il n'a jamais fait de commentaires sur ma décoration.

Il arrive que Pierre-Yves nous accompagne dans des fêtes de famille. On le fait passer pour notre frère auprès de vagues cousines de tribus reconstituées qui n'y comprennent rien. On pourrait facilement prendre Pé-I, comme on le surnomme, pour le jumeau de France. Même petit minois, mêmes cheveux châtains et mêmes taches de rousseur.

Pé-I est venu en vacances avec nous en juin. Il nage mieux qu'un poisson, grimpe plus vite qu'un singe et peut sculpter une tête de lézard dans n'importe quel bout de bois. En plus, il est un crack de la musique et il comprend l'anglais. C'est un dieu! Mon frérot ne pense pas autant de bien que moi de Pé-I.

Que voulez-vous, mon frère Carl est un orang-outang! Il a attrapé ses 16 ans comme une maladie. D'aimable qu'il était, il est devenu rustaud. Sa voix fracasse des records de montées et descentes de montagnes russes et ses vêtements sont cent fois plus larges qu'il y a six mois. Il cherche toujours des puces à Pé-I et prétend qu'un vrai gars ne serait jamais l'ami d'une fille.

Carl n'a pas que des défauts. Il offre de cuisiner quand ma mère en a marre. Ses

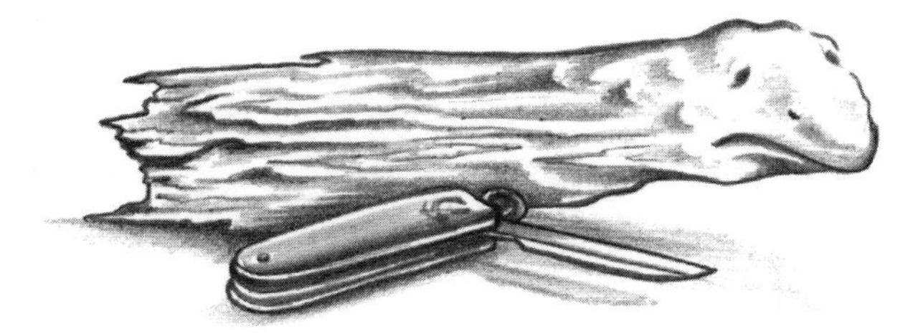

pizzas ne sont pas mal du tout. Quand il crayonne ses bandes dessinées, il nous assure la paix dans la maison. Parfois, il lui prend des rages d'amour et il me poursuit jusqu'au sous-sol pour me couvrir de becs. J'adore, mais je hurle pour ne pas qu'il s'en doute.

En plus, je sais bien que Carl a un coeur tendre et qu'il ne me laisserait jamais tomber. Il a fait plus que sa part pour maman depuis que papa n'est plus avec nous et pour ça, je lui donnerais la lune. Par contre, il ne serait pas un vrai grand frère s'il ne me tombait pas sur les nerfs un jour sur deux. Ainsi va la famille!

Le super singe de la famille a aussi son grand ami, Fred. Depuis peu, celui-là refuse catégoriquement de répondre au nom de Frédéric. Lui aussi fait partie des habitués de la table. C'est un vieux de la vieille. Il a commencé à frayer avec Carl en troisième année. Il ne manque jamais de se pointer pour souper quand ma mère concocte un spaghetti, sauce maison.

Comment parvient-il à deviner juste chaque fois? Personne ne le sait. Ma mère prédit que Fred sera un grand voyageur. À quoi le voit-elle? Dites-le-moi! Fred

répugne à marcher jusque chez lui à trois pâtés de maison de la nôtre. Il est rare que ma mère ne vise pas juste. Lorsqu'elle se lève en décrétant qu'il y a de l'orage dans l'air, elle a toujours raison.

Marie, ma mère, est infirmière et ce n'est pas tous les jours la joie. Certains soirs, elle rentre les yeux rougis. Elle lâche seulement: «Nous avons perdu un bon patient.» Ces jours-là, elle peut compter sur nous pour lui laisser le temps de se remettre. Maman emprunte alors la chambre d'ami au sous-sol et revient seulement quand sa peine est calmée.

J'ai du mal à supporter les journées où maman pleure. Si j'avais une amie très chère, je l'appellerais et me ferais inviter à souper. Au lieu de cela, je mange en compagnie de Fred et de France. Ou de France et de Pé-I. Carl cuisine. Monique ne vient jamais ces journées-là. Elles travaillent toutes les deux dans le même service. Alors…

L'autre personne que j'ai le plus de mal à voir pleurer, c'est Carl. Que mon grand frère étouffe ses cris dans son oreiller et je craque. Je l'ai entendu sangloter des soirées entières quand papa est parti. Je ne voudrais pas qu'il ait dans sa vie d'autres raisons de pleurer autant. Je l'aime trop pour ça. On a parfaitement le droit d'aimer les orangs-outangs.

Ce soir n'est pas un soir de peine. C'est une grande soirée: nous sommes sept à table. Les trois duos d'amis et moi, Claude l'unique. J'aurais pu inviter Betty, mais je me suis fait une promesse. La prochaine fois que quelqu'un s'assoira à mes côtés pour un repas en famille, ce sera une amie pour la vie. Je croise mes doigts en faisant le voeu que ce soit Anne.

Chapitre III
À l'attaque!

J'habite Val-des-Baies. C'est grand, mais pas assez. Il y a trop de maisons pour vieillards et pas suffisamment de collines herbeuses. Mon père m'a montré les fruits qui donnent son nom au canton. Trois variétés y poussent et comme on n'arrivait pas à déterminer laquelle baptiserait le village, on a choisi tout simplement «baies».

Il y a 150 ans, le fermier Josephat Fletcher possédait une immense terre qu'il avait défrichée en grande partie. Il restait encore des champs, du sous-bois et de la forêt à peu près vierge. Josephat avait deux garçons et une fille, une bien petite famille pour le temps. Le père aimait énormément sa fille, Valérie.

Quand ses enfants sont devenus adultes, il a choisi trois beaux lots de sa terre. Il en a remis un à chacun de ses fils et l'autre à Valérie. C'était une idée révolutionnaire

parce que, à l'époque, on ne donnait pas la terre aux femmes. Juste pour cette raison, j'aime cet homme que je n'ai pas connu. Francis, notre père, nous a raconté cette histoire de nombreuses fois et je l'aimais aussi pour ça.

Carl s'est toujours moqué de l'anecdote du clan Fletcher, il la trouvait louche. Je suis tout à fait derrière Josephat! Quoi, les filles ne sont pas des cotons! Le fils aîné a repéré du bleuet dans son sous-bois. Le second fils a cueilli des mûres à l'orée de sa forêt. Et Valérie, Val comme l'appelait affectueusement Fletcher, s'est retrouvée avec des champs pleins de fraises.

Tout le monde était satisfait de sa propriété. Chacun y a fait construire une maison différente comme celles des trois petits cochons. Il n'y avait pas de loup dans les environs, alors la vie a continué. Du moins, c'est ce qu'on croyait. Un matin, on frappa à la porte de la maison de Josephat Fletcher. C'était un inspecteur provincial, un loup du gouvernement.

Fletcher n'en croyait pas ses oreilles. Le Loup a sorti de nulle part un règlement dont personne n'avait jamais entendu parler. À partir de quatre maisons dans un rayon de moins de trois kilomètres (il l'a dit en milles parce qu'il pensait en milles), la place devient un village. Il fallait donc un nom, un maire et des règlements.

La terre familiale est ainsi devenue Val (pour Valérie)-des-Baies et le père Fletcher a été le premier maire du village. La communauté est reconnue pour ses vallons, et ses confitures Fletcher sont réputées dans toute la province. Notre beau cimetière est rempli de Fletcher et on peut encore se recueillir sur la tombe bien entretenue de Josephat.

* * *

Dans ma classe, il y a un petit groupe de filles qui forment un clan. Anne, Irène, la grande Vicky Perkins et la petite Lili Faucher ont l'air de vraies conspiratrices. On les aperçoit toujours dans un coin de la cour d'école, semblant manigancer quelque mystère. Il n'en faut pas plus pour m'intriguer et me donner le goût de fureter.

Pendant le cours de géographie, hier, j'ai vu Vicky remettre un papier à Irène et je suis persuadée que la situation de l'Asie n'avait rien à voir là-dedans. Par le plus heureux des hasards, je suis assise à la gauche d'Anne. À sa droite se trouve Irène, et le reste de la troupe s'enfile en zigzag à sa suite. Vicky derrière dans la rangée suivante et Lili devant dans la troisième.

Évidemment, Anne ne jette jamais un regard de mon côté. Ses complices sont toutes de l'autre. J'estime tout de même ma situation assez bonne. Près d'elle, je peux suivre sans mal les tractations avec sa bande d'amies. Je guette la faille qui me permettra de me glisser parmi elles, discrètement.

Elle se présente à moi d'une étrange façon. À la récréation de l'après-midi, une petite délégation vient vers moi. Je déteste être le centre d'intérêt, surtout dans une cour d'école où les gens deviennent un peu stupides aussitôt qu'ils sont plus de deux. Cette fois, ils sont trois: David, Daniella et Dwaine. On les surnomme les trois D.

Je n'ai pas de relation particulière avec eux. Certains les pensent ébranlés du chapeau. Ils me paraissent plutôt drôles. À la fin de la cinquième année, ils se sont présentés chacun avec un hamster en laisse! De quoi faire perdre les pédales à tous les enseignants et à une bonne partie des élèves. Trois petits hamsters mettant sens dessus dessous une grande école! Hilarant!

Ils sont toujours à la dernière mode, pas celle des magazines. La leur: un mélange

d'imagination et de laisser-aller. Ils ont un genre plutôt chouette et ils sont les seuls à porter des bas de laine gris coupés en guise de gants au mois de septembre. Le meilleur, c'est qu'ils obtiennent tous les trois des notes plus que respectables en classe. Des cas, quoi!

C'est Dwaine qui m'aborde:

— Claude, tu n'es membre d'aucune gang! C'est toi qu'on veut.

Je reste calme. Dwaine a le don d'être nébuleux.

— Ah bon! Je n'ai pas envie de me prêter à tes expériences loufoques.

Dwaine tourne les talons.

— Je vous l'avais dit: elle ne veut pas.

David rattrape Dwaine et lui fait faire demi-tour. Daniella prend le relais.

— Elle ne sait pas de quoi on parle. Tu es au courant pour l'élection?

Je hausse les épaules. Élection? Quelles combines vont-ils encore me sortir? Daniella est plus têtue qu'une mule, alors une tête de bois comme la mienne ne la rebute pas.

— Tu n'as pas écouté! Lydia a annoncé des élections pour désigner une présidente de classe.

David met son grain de sel.

— Ou un président.

— Il faut une fille. Il me semble qu'on était d'accord.

Daniella fusille David du regard.

— Ouais, ouais, je sais. Claude est parfaite. Je disais ça juste pour être précis.

Daniella enfonce le clou:

— Tu es indépendante, intelligente et comme tu es une fille, tu ne te feras pas mener par le bout du nez par les charmeuses de la classe. Présente-toi à l'élection, allez!

L'histoire me revient vaguement. Je suis loin d'être toujours attentive dans la classe. C'est à cause de ce que ma mère appelle gentiment ma vie intérieure. Il y a tout un monde qui fourmille en moi et qui prend parfois le pas sur la réalité. Rien de grave, rien pour écrire ma biographie. J'ai tout de même attrapé un bout de cette idée de Lydia, notre professeure.

La théorie est la suivante. L'élection d'un représentant de classe devrait nous responsabiliser et nous donner le sens de la vie en société. Pourquoi avons-nous un besoin urgent de ce sens civique, comme elle le dit si joliment? Pour la simple

raison que l'an prochain, nous faisons le saut au secondaire et que le bungee, c'est de la bière d'épinette à côté de ce saut-là!

L'idée fait son chemin. Poser ma candidature pour la présidence de la classe. Pas mal pour attirer l'attention. Si Anne ne me remarque pas, il ne me restera plus qu'à me raser le coco et à me tatouer un gros «ATTENTION CHIEN MÉCHANT!» sur le crâne! Le danger que je me fasse élire est pratiquement nul.

Excellent. Voilà une opération de visibilité qui arrive juste à point.

— C'est entendu!

J'accepte si soudainement que les bras de mes admirateurs en tombent.

— Quoi? Tu veux?

— Eh bien…

— C'est extra, Claude, extra!

C'est encore Daniella qui s'en tire le mieux. Finalement, j'y songe, elle a parfaitement raison de penser qu'il faut une fille à la tête de cette classe. En matière de subtilité, les gars sont un grand pas derrière! Il faudra que je la sorte à Carl, celle-là. Ça lui en fera une bonne à digérer.

Le soir autour de la table, personne n'en croit ses oreilles. Moi, la discrète.

Claude, le fantôme de la famille! Présidente de classe! Finalement, tous sont emballés. Fred est là, c'est un soir de spaghetti. Il est franchement enthousiaste.

— Si on pouvait te procurer une limousine pour faire ton entrée à l'école, lundi, tu gagnerais, c'est certain.

France s'insurge.

— Claude, c'est la candidate du peuple! Elle ne peut pas arriver en limousine. Ce serait mauvais pour son image. Je te conseille de ne rien changer à tes habitudes. J'irais jusqu'à garder tes cheveux gras encore une journée, ça va te donner un capital de sympathie.

Ma mère rit:

— Vous avez une belle idée de la politique, vous autres! Est-ce que tu vas prononcer un discours, Claudiou?

Je sursaute en entendant ce petit nom doux, mais préfère m'attarder à la question. Je n'en ai aucune idée. Je suis un peu paniquée.

— On n'a pas parlé de ça...

Carl s'amuse ferme de la situation:

— Je pourrais te servir de garde du corps.

Fred renchérit:

— Tu vois que c'est un cas de limousine!

France s'oppose:

— Non, faisons simple! C'est une carte gagnante.

Carl lâche la bombe:

— Si tu prononces un discours, parle de papa, ça va amener bien des élèves de ton bord.

C'est plus que ma mère peut en supporter.

— Bon! Changez de sujet, sinon je vous arrache vos assiettes et je vous mets tous dehors! Le chien et le chat compris!

Un silence de mort accueille cette sortie. Mon père n'est pas encore un sujet de boutade dans la maison. On n'entend que les fourchettes qui raclent les assiettes.

Chapitre IV
Candidature

Le lendemain, toute la classe est en émoi. Cette histoire d'élection devient soudain très importante. Tout le monde est sur le qui-vive. Des petits groupes se sont formés et discutent fort. À mon arrivée, les trois D viennent me rejoindre et m'accueillent avec des sourires radieux.

Daniella rayonne.

— Tout baigne. On a déjà commencé à tâter le terrain et tu es très bien vue.

J'accueille ces compliments avec un grain de sel. Je me suis lavé les cheveux et j'ai mis mon chemisier rouge, celui qui me fait me sentir belle. Décidément, cet événement est un cadeau dans ma vie.

David semble anxieux.

— Tu as préparé un discours, je ne sais pas, quelques mots?

Apparemment imperturbable, je hoche la tête pour le rassurer. S'il savait. J'ai toute une armée qui chevauche dans ma poitrine. Mon coeur va exploser! Toute la nuit, j'ai tourné et retourné dans ma tête les petites phrases que je voudrais prononcer. Au matin, ma mère m'a aidée à tout mettre au point. Je suis prête… enfin, je devrais.

L'arrivée de Lydia donne le signal. Chacun prend sa place et l'excitation est à son comble.

— Plusieurs d'entre vous m'ont abordée dans le corridor. Il semble que cette affaire de présidence vous tienne à coeur. J'en suis très contente. C'est extra de vous voir prêts à participer à la vie de la classe.

Une crainte m'assaille. S'il fallait que je sois la seule à me présenter. Les élèves ont beau être excités comme des poux, ça ne veut pas dire qu'ils seront candidats. En réalité, je ne veux pas être présidente de la classe. Me faire remarquer d'Anne suffira. Lydia poursuit:

— Avant de passer aux candidatures, je vais vous résumer la tâche de président ou présidente. Essentiellement, il ou elle sera porte-parole des élèves. Vous avez des besoins, des projets, des envies, vous lui en ferez part. Vous aurez donc à vous mettre d'accord avant de venir m'en parler.

Je n'écoute déjà plus. Je révise mon discours dans ma tête. «Chers amis, chers parents, chers membres du jury… » Non, c'est l'intro de mon allocution du concours d'art oratoire. Plutôt: «Lydia, chers amis de la classe de sixième année…» Pas le temps de me le remettre en mémoire, car Lydia poursuit:

— Ceux qui désirent proposer un candidat à la présidence doivent se présenter maintenant.

Stéphane lève la main et suggère le nom de Max Moreau. Applaudissements et tout le tralala. Max salue. Il a de bonnes chances. Bonnes notes, belle gueule, beau chandail dernier cri.

C'est au tour d'Irène de se manifester. Mon coeur arrête de battre. Non, je ne peux pas le croire. Ça n'arrivera pas. Je ne me retrouverai pas devant…

— Anne Robin, lance Irène avec conviction.

Catastrophe! C'est arrivé. Je vais me battre contre Anne pour ce titre de gloire. Ce n'était vraiment pas le but recherché. Me faire remarquer, oui. Me faire détester. NON! Une dizaine de personnes applaudissent à tout rompre. Anne a son lot de fidèles.

Je devrais être là à m'égosiller pour elle au lieu de me désagréger dans le silence. Il ne faut pas que Daniella parle. Je crie: «Je me retire, je me retire.» Mais je ne crie que mentalement et tout suit son cours. Daniella n'attend pas la fin de l'ovation pour lâcher mon nom haut et fort: «Claude Merle».

À ma grande surprise, un grand hourra! spontané se fait entendre. Une dizaine de personnes manifestent leur enthousiasme à l'idée que je me lance dans cette course. Wow! Je suis estomaquée! J'ai un fan-club et je l'ignorais. Dans ce petit instant de gloire, ce qui me frappe le plus, c'est le regard d'Anne, plus étonnée que moi encore, qui croise le mien.

Nous échangeons un bref sourire qui me ravit. Cette franche compétition aura peut-être du bon. Anne m'a remarquée, il me semble pour la première fois. Tout à coup, cette élection devient le centre de ma vie. Il va s'y brasser de grandes choses.

Sous les bravos, je m'avance finalement pour livrer mon discours. Je me sens portée par une force que je ne me connaissais pas. L'ardeur de mes électeurs me donne des ailes. Oubliant ce que

j'avais préparé, je me braque devant la classe et improvise des phrases pas mal du tout.

— Merci tout le monde. Je suis archicontente d'avoir l'occasion de vous prouver que je ne suis pas juste celle qui passe la majeure partie de son temps dans la lune. Si je suis élue présidente, je vais faire en sorte que chacun soit entendu. Ici, c'est la classe de tous.

On m'applaudit encore. Je flotte sur un nuage. Tout cela est merveilleux. C'est à peine si j'entends les discours de mes compétiteurs. Je viens d'avoir une révélation: je suis aimée. Il ne tenait qu'à moi de me manifester.

Chapitre V
Une bulle à soi

Ce soir-là, je m'enferme dans ma chambre. Cette fois, ce n'est pas pour m'isoler, mais plutôt pour jouir de ma popularité nouvelle. En sortant de la classe, j'ai été abordée par cinq personnes qui m'ont assurée de leur appui. Je commence à penser que j'ai peut-être des chances d'être élue et, en fin de compte, ce n'est pas pour me déplaire.

En refermant ma case, je l'ai vue à un pas de moi. Anne Robin attendait pour échanger deux mots. Elle m'a abordée gentiment.

— On ne se connaît pas, mais je veux te souhaiter bonne chance pour la course au leadership.

Une vraie politicienne! Elle m'en bouche un coin. Cette fille pourrait être présidente de toutes les classes du monde. Elle a vraiment du style. Et dire que je vais me battre contre elle. Il faut que je sois très

prudente si je veux m'en faire une alliée… une amie.

Anne est nouvelle dans l'école. Elle vient d'une autre ville et est arrivée à la fin de l'année dernière. C'est pour cette raison que je l'ai découverte seulement au camp d'été. Son amitié avec Irène lui a ouvert les portes du petit clan des Trois, qui s'est mué en Quatre. Il demeure que mademoiselle Robin n'est pas aussi connue que moi dans la classe.

Je suis déchirée entre deux sentiments. Mener ma course à terme et remporter le titre. Ou favoriser Anne et m'en faire une amie. Je me demande si les deux sont possibles. Si oui, ce ne sera pas la première fois que je ferai dans l'inusité. C'est ma destinée, je suis programmée pour avoir des agissements bizarres. Du moins, ma famille se tue à me le répéter.

D'après France, il suffit de mettre le nez dans ma chambre pour piger que je ne suis pas comme les jeunes de mon âge. Dans mon antre, pas de posters des vedettes de l'heure. Mes murs sont décorés de toiles que j'ai peintes, des explosions de couleurs que je suis la seule à comprendre. Je peux passer des heures à rêvasser en regardant mes oeuvres.

Et puis, côté musique, je ne partage pas les goûts des filles de ma classe. Ce n'est pas ma faute, c'est de naissance, je crois. Ou bien, j'ai attrapé ça de ma mère. Je n'écoute que de la chanson française. Charles Trenet, on peut se tordre de rire à l'écouter. Et quand on veut pleurer, il y a Jacques Brel. Demandez à vos parents, ils vous diront qui il est.

Je n'oserais pas avouer aux élèves que je n'ai pas vu les films situés dans l'espace, ni ceux sur les dinosaures. Je connais à peine Bart Simpson. Mais j'ai vu et revu des dizaines de fois un film magnifique intitulé *Autant en emporte le vent*. C'est une saga grandiose qui se déroule vers 1861 dans le sud des États-Unis. Une tumultueuse histoire d'amour entre Scarlett O'Hara et Rhett Butler.

Dans ma chambre, il y a aussi mon meilleur ami... chat. Boris est une superbe bête blanche et il a un oeil bleu et l'autre vert. Il est sourd. Vous saviez que tous les chats aux yeux bleus le sont? C'est ainsi! Mon Boris est le plus câlin des félins sourds du monde entier. Il ron-

ronne si fort dans mes oreilles que c'est à croire qu'il voudrait que je devienne sourde moi aussi.

Quand ma chambre m'a donné tout ce qu'elle pouvait, je sors et j'enfourche mon vélo. Ma mère devient radieuse lorsqu'elle me voit passer la porte.

— Enfin, tu mets le nez dehors!

Si elle savait ce que je mijote dans ces moments-là, elle hurlerait.

* * *

Pour s'y rendre, c'est une jolie balade. J'emprunte le chemin le plus long, car même si j'ai hâte d'y être, j'éprouve toujours de la crainte. Immanquablement, tous les samedis, je finis par me ramasser au cimetière. C'est beau un cimetière. Vous avez déjà pris le temps de regarder sans penser à toutes sortes d'horreur?

Les pierres tombales sont alignées dans un ordre parfait et il n'y en a pas deux pareilles. Le gazon est toujours d'un vert unique et les arbres sont grands et projettent ce qu'il faut d'ombre. Et où peut-on avoir plus la paix que dans un endroit de ce genre? Bien sûr, c'est triste, mais les centres commerciaux aussi sont sinistres!

Parfois, je glisse Jacques Brel dans mon baladeur. Pas besoin de vous dire qu'au bout de dix minutes, je pleure. «À mon dernier repas, je veux voir mes frères...» Ou je mets Trenet et ses histoires de serpents et de lune, et je passe une fichue de belle journée. Dans les cimetières comme ailleurs, on fait l'ambiance qu'on veut. Je m'y sens bien, c'est tout ce qui compte.

Je m'arrête devant le cimetière de Val-des-Baies. Il est si vaste. On ne croirait pas que tant de gens ont pu vivre et mourir dans le coin. Les pierres n'ont sûrement pas été plantées là pour le plaisir. La clôture a été repeinte depuis samedi dernier. Elle brille et se fait invitante: «Entre, entre!» Je pousse mon vélo sous le saule à gauche de l'entrée. Je le gare toujours à cet endroit à l'abri des regards indiscrets.

Surprise, mauvaise surprise. Une autre bicyclette s'y cache déjà. Aïe! Je n'aime pas ça. Et mon intimité, mon droit de visite? Prudence. Je me glisse lentement dans le cimetière par une porte dérobée. Je pourrai peut-être me rendre à mon endroit préféré sans être repérée. J'enfonce mon chapeau sur ma tête et je fonce en m'abritant derrière les pierres.

Voilà la tombe de Josephat Fletcher, le patriarche du village. Sa famille l'entoure comme pour une photo-souvenir. Là, les fils avec leurs femmes et enfants, et à droite, Valérie, qui est toujours restée célibataire et a cultivé sa terre. Étrangement, c'est le seul endroit du cimetière où poussent pêle-mêle les bleuets et les mûres.

Un mouvement attire mon regard. Je me planque. Voilà l'intrus. Ce n'est... Non! Impossible! Elle!!! Voyez qui déambule dans les allées comme si elle était chez elle! Mademoiselle Robin, l'unique Anne. Qu'est-ce qu'elle vient foutre ici? C'est mon havre, mon petit coin. Ce n'est pas un endroit pour venir traîner sans raison, insouciante. Le sang bout dans mes veines.

Sans réfléchir, je me redresse et me dirige droit sur elle d'un pas décidé. Je fulmine, mon sac bat mes flancs. Je ne tolérerai pas.

— Hé!

Je l'interpelle si fort qu'elle sursaute violemment. Elle pivote et me fait face.

— Claude! Tu m'as fait peur!

Je n'écoute pas, je ne raisonne plus. Je gueule.

— Qu'est-ce que tu fais ici? Tu crois que c'est une place pour venir se balader? Un parc, un centre commercial, une maison des jeunes, peut-être! Il y a des morts ici, des gens qui ont eu une famille et qui sont morts, tu sais ce que ça veut dire?

Anne est d'un blanc fantomatique. Sa voix paraît toute fluette.

— Je comprends, Claude…

Elle tend la main vers moi, mais je me détourne.

— Non, tu ne comprends pas! Tu ne peux pas comprendre. Fous-moi la paix!

En deux temps, trois mouvements, je suis déjà sur mon vélo, pédalant de toutes mes forces pour m'éloigner d'elle. Pour m'éloigner de la vérité et de mes souvenirs.

Chapitre VI
Il était une fois... mon père

J'ai sept ans. Je fais tout ce qu'il est possible de faire avec mon père. Je suis son caddie au golf et, souvent, dès le quatrième trou, il est obligé de porter son sac. Tout ce que je veux, c'est être avec lui. Nous passons des journées formidables. Papa est drôle comme un singe et ensemble, on rit à s'éclater la rate.

Il s'appelle Francis et il a les cheveux roux des Irlandais. Je ne lui ressemble pas du tout et quand il m'emmène avec lui, il y a toujours quelqu'un pour demander: «C'est votre nièce?» Nous, on trouve ça plutôt rigolo et parfois, je l'appelle Tonton juste pour m'amuser. Ma mère affirme que nous avons les mêmes idées folles. Ça me rend toute fière.

Francis n'aime pas beaucoup que je l'appelle papa. Il voudrait être un genre de copain, mais il reste mon père. Il y a certaines bêtises qu'il n'apprécie pas du

tout, comme de laisser s'étirer le fromage d'une poutine pour le laisser tomber dans sa bouche du haut de la fourchette. Je le fais à l'occasion, juste pour l'entendre me réprimander de sa voix grave: «Claudiou»!

Il ne m'emmène jamais à son travail parce que là, il faut vraiment être sérieux. Francis installe des piscines. On ne badine pas avec ce boulot. Les piscines, c'est du solide pour lui. Il est le meilleur du coin et connaît personnellement toutes les piscines de Val-des-Baies. Nous n'en avons pas à la maison. Francis pense que c'est trop dangereux.

L'hiver, il déneige des entrées. Les jours de grosses tempêtes, il consent à nous emmener chacun notre tour, France, Carl et moi, pour lui servir de copilote. J'adore et je prie pour que l'école ferme ses portes quand la neige s'emballe. Enfermés bien au chaud dans le camion muni d'une pelle, nous chantons des airs de Noël pendant que la neige voltige autour de nous.

Une fois par année, au pire de l'hiver, mes parents partent en vacances sans nous. Je supplie pour m'envoler avec eux. Maman est catégorique: «Quand tu auras un mari, ma chouette, tu partiras seule avec lui, si tu veux.» Je me venge en les appelant «les amoureux», et ils sont tout contents de leur surnom. Au fond, j'aime qu'ils soient des amoureux! Mais leurs voyages, j'aime moins.

L'été, quand les piscines laissent un peu de répit à mon père, nous campons. Du vrai camping, à la dure, pas du camping de luxe dans une grosse roulotte à ressorts, comme dit Francis. On n'est jamais plus heureux que quand on court dans les bois et que Francis nous montre où se trouvent les fruits comestibles. Ou alors que nous suivons un porc-épic à la trace.

Ce jour-là, Francis a annoncé une journée de rafting. Nous allons descendre la rivière en pneumatique. Je jubile, j'adore l'aventure. Carl gonfle ses muscles; à onze ans, il se prend déjà pour un surhomme. Maman va profiter de la journée pour lire en paix. France a horreur de tout ce qui bouge plus qu'une berceuse et décline l'invitation.

Je suis un chien fou, je ne tiens pas en place. Francis m'incite au calme et donne les consignes de sécurité. Je n'écoute qu'à moitié, regardant la rivière bouillonner à mes pieds. Puis on embarque. Attention, c'est parti. On pagaie à plein régime. À gauche, à droite! Francis crie les ordres et nous, on fait de notre mieux. Tout à coup, je décolle et atterris dans l'eau.

En une fraction de seconde, plus rien n'est amusant. Je ne m'attendais pas à être emportée si vite par les flots. Francis non plus. Il me crie de rester calme et dirige le canot vers moi. Il plonge. Ça tourbillonne et je bois la tasse deux fois plutôt qu'une.

Vite, papa, vite! Je commence à perdre la carte sérieusement. Puis je sens une poigne ferme me pousser vers le canot. C'est tout ce dont je me souviens.

* * *

Mon père s'est noyé en me sauvant la vie. J'ai eu beaucoup de mal à me le pardonner. J'ai vécu de bien mauvais quarts d'heure depuis cette fatale journée. Chaque fois que mes sentiments sont heurtés de front, on dirait que ce drame remonte à la surface, cruel. C'est là qu'Anne vient de me blesser. Au plus sensible de mon être.

De retour à la maison, je m'enferme dans ma chambre sans demander mon reste. Tous mes remparts s'écroulent. Je pleure toutes ces larmes que je sens souvent monter en moi quatre ans après la mort de Francis. Son départ a fait de moi une fille différente, isolée, solitaire. Je glisse Jacques Brel dans le lecteur CD et je m'écroule sur le lit.

J'ai encore tout gâché. J'avais l'intention de me faire une amie et j'ai tout foutu en l'air. À la voir dans le cimetière, insouciante dans mon refuge, j'ai perdu les pédales. Qu'est-ce que je lui ai crié? Je ne me rappelle plus... Rien d'irréparable, j'espère. De toute façon, elle ne voudra jamais se lier avec une folle pareille! Mes larmes se tarissent, mais la peine est encore là, tapie.

Trois coups discrets frappés à la porte. Sûrement maman, elle m'a vue entrer en coup de vent et vient aux nouvelles. Elle connaît bien sa sauvageonne. Tout le monde a gardé sa propre marque de la noyade de Francis: Carl impuissant devant la situation, moi sous le choc, France qui adorait Francis autant que moi. Sans parler de notre mère.

Que dire de maman? Je vous souhaite de ne jamais voir votre mère dans cet état. À la fois hébétée et désireuse de nous aider, elle pataugeait. On a vécu deux ans dans une douleur partagée dont personne n'arrivait à nous sortir. Il a fallu une thérapie familiale. Tous chez le psy. Plus que

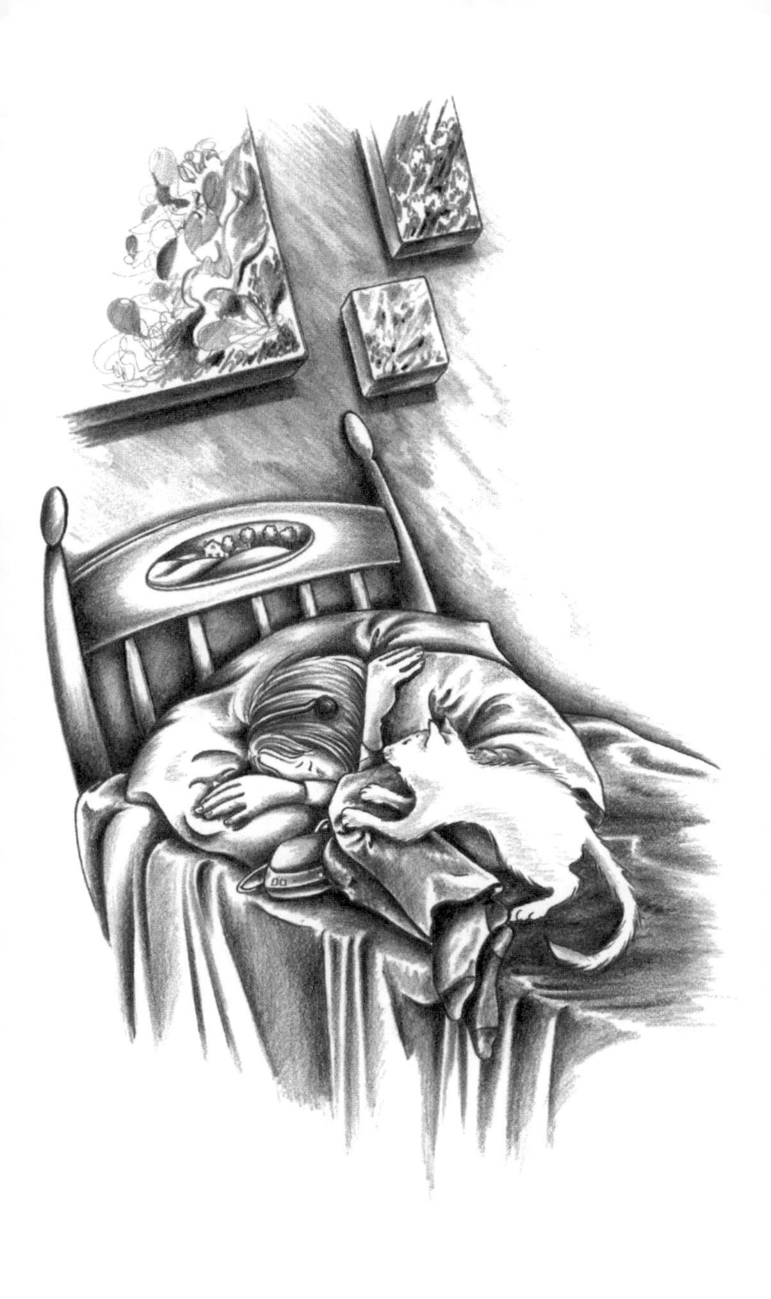

tout, j'adore ma mère, mais mon père me manque et me manquera toujours.

Je la laisse me prendre dans ses bras. C'est encore comme ça que je suis le mieux. Nous avons appris à ne pas poser de questions inutiles. Il faut que ce soit la peine du départ de papa qui remonte à la surface pour que je me mette dans cet état. Elle le sait. On se berce lentement, portées par les paroles de Brel. «Une île, une île au large de l'amour.» Mon île, c'est ma famille.

Tant pis. J'aurai désiré quelque chose pour une fois. Et tant pis pour la présidence de la classe. Je ne vais pas me battre contre Anne après lui avoir crié après. Je vais réintégrer la place tranquille et discrète que j'ai toujours occupée dans le groupe. C'est bête de faire faux bond aux trois D qui comptent sur moi. Si peu de gens ont eu besoin de moi dans ma vie. Quelle poisse!

Maman fait une proposition qui ne manque jamais de me séduire:

— Ce soir, on joue au restaurant?

Pour toute réponse, je souris.

On mange finalement en mettant les petits plats dans les grands. Les boissons gazeuses coulent à flots dans les coupes à champagne et les sandwiches sont coupés en triangle. Le grand luxe, quoi! Depuis qu'on est tout petits, c'est notre astuce pour sauver les journées désastreuses. Et ça marche.

En fin de soirée, Monique, maman et moi, on se réfugie au salon pour regarder *Autant en emporte le vent.* Monique m'a fait découvrir ce film. Nous aimons nous plonger dans l'histoire de Scarlett. Des trois, je suis la plus fanatique. C'est le remède miracle de mes soirs pas trop roses. Je pleure et je combats avec Scarlett. Ainsi tout est pour le mieux.

Juste après la fin du film, maman s'éloigne pour discuter longuement au téléphone avec Carl qui veut rester coucher chez Fred. Monique, qui est fine et sensible, détecte que ce n'est pas le meilleur moment de ma vie. Elle a des antennes cette femme et je comprends maman d'être folle d'amitié pour elle. Elle prend son air entendu et me lance:

— Tu veux que je te raconte une histoire?

J'hésite. Je ne sais jamais ce que Monique va me sortir.

— Ça dépend. C'est une histoire vraie ou pas?

Monique sourit.

— Comme tu voudras.

Je tranche:

— Disons qu'elle est inventée.

Monique remonte ses pieds sous elle sur le divan.

— Tu sais comment j'ai rencontré ta mère. Ma famille a déménagé près de chez elle lorsque j'avais quatre ans. Tout à côté. Nous étions voisines. Tu te dis sans doute que nous sommes devenues amies naturellement.

J'acquiesce:

— Hum, hum.

Monique plante ses yeux au fond des miens.

— Tu as tout faux. Au début, Marie ne voulait pas de moi. Elle m'avait interdit son carré de sable. Si je m'approchais, elle lâchait son chien sur moi.

Je proteste:

— Maman n'a jamais eu de chien. Grand-maman ne voulait pas.

— Eh! C'est moi qui raconte. Un jour, je m'en souviens comme si c'était hier, elle a encore une fois ordonné à Pepsi, c'était le nom du chien, de me repousser.

Je retiens mon fou rire. Pepsi! C'est ridicule!

— Du haut de mes quatre ans, je me suis tenue bien droite, bravant la grande gueule du gros danois. Crois-moi, il me dépassait d'une tête et il aurait fait de moi une bouchée. Mais je voulais cette amie.

— Pourquoi elle? Tu aurais pu en dénicher dix autres juste dans ta rue.

— Je voulais Marie parce qu'elle ne voulait pas de moi. Ou plutôt, il me semblait qu'elle ne voulait pas de moi. Quand je suis entrée dans son carré de sable contre son gré et que j'ai commencé à construire un château assez réussi, elle a craqué.

— Et la morale de ton histoire inventée?

— Quand on veut des amis, il faut leur ouvrir notre château, leur offrir nos histoires et leur pardonner leurs défauts. Tout de suite, pour n'avoir rien à regretter plus tard.

Je lève les yeux au ciel.

— Je vois. Maman t'a tout raconté au sujet d'Anne.

Monique sourit sans détour.

— Tu le sais. Nous sommes deux grandes amies. On se dit tout.

Chapitre VII
L'histoire d'Anne

La nuit a balayé les derniers nuages qui rôdaient dans ma tête. J'aime les dimanches. C'est la seule journée de la semaine où nous avons le droit de dormir aussi tard que nous le voulons. Le samedi, le ménage nous attend et passé dix heures, ma mère ouvre les portes et met l'aspirateur en marche.

Le sommeil dominical, lui, est sacré. Mon frère peut battre des records et France dort souvent chez des amis le samedi soir. Je suis toujours la première des enfants à me lever et c'est l'occasion d'un déjeuner en tête-à-tête avec maman. C'est drôle, je n'ai jamais eu envie de l'appeler Marie. Tandis que papa, c'était Francis. Papa, c'était papa.

Certains dimanches, ma mère et moi, nous allons petit-déjeuner au resto. J'adore ces instants et je me sens comme une gosse de riche ou une vedette de cinéma.

Nous fréquentons un restaurant sans prétention, mais qu'un serveur papillonne autour de moi me donne des ailes. Parfois Monique se joint à nous, mais je ne me sens pas privée. Avec ces deux-là, j'ai toujours ma place.

Ce matin, nous restons à la maison. L'automne se fait sentir et l'air frais nous pousse à nous emmitoufler. Enveloppées dans nos robes de chambre de ratine, nous bavardons pendant que chauffent les croissants. C'est inévitable, l'odeur nous rappelle Francis, qui adorait toutes les viennoiseries. Il pouvait engouffrer trois croissants sans faiblir, heureux comme un roi.

Maman est la première à l'évoquer.

— Tu te souviens comme ton père…

Je souris, les yeux dans l'eau.

— Oui. J'y pensais aussi.

Maman me serre tendrement.

— Tu sais, j'y pense depuis quelque temps. J'aimerais qu'on remette des photos de Francis sur les murs. Je suis prête à revoir son visage autour de nous. Ainsi, il nous manquera peut-être moins.

Excellente nouvelle! La question avait soulevé un débat houleux dans la famille. J'aurais voulu une grande photo de mon père au milieu du salon. France était dans mon clan. Carl et maman s'y opposaient farouchement. Je ne suis pas certaine que mon frère va apprécier.

— Il faudrait voir avec Carl.

— Je lui ai déjà parlé. Il est ravi. Il m'a montré une photo qu'il transporte toujours avec lui.

Je respire profondément. Il me semble que ma poitrine est libérée d'un poids.

On frappe à la porte. Maman va ouvrir et revient avec une nouvelle étonnante.

— Tu as une amie qui s'appelle Anne? demande-t-elle, curieuse.

Je reçois ce nom comme un coup de massue. Anne ici? Je ne vais pas l'accueillir en robe de chambre. C'est trop pour moi.

— Dis-lui de m'attendre dehors. Je m'habille.

Ma mère adopte un air sévère, pas du tout convaincant.

— Je déteste quand tu m'obliges à transmettre des messages de ce genre!

Je file dans ma chambre sans attendre mon reste. J'enfile les premières fringues qui me tombent sous la main, au mépris des critères d'harmonie. Dans ma tête, les questions se bousculent. Qu'est-ce qu'elle fait ici? Si ce n'était pas elle? Je connais une autre Anne? Assez d'interrogations, il faut que j'en aie le coeur net.

Je me pointe dehors, très nerveuse. Assise à la table de pique-nique, songeuse, elle garde la tête sagement penchée en avant. Je déteste ce moment de la rencontre de deux personnes où aucune parole n'a été prononcée, quand on peut encore gaffer et tout bousiller. Elle m'aperçoit et me sourit.

— Tiens. Je t'ai rapporté ton chapeau. Tu l'as perdu au cimetière.

Elle me tend mon informe casque vert. Je n'avais aucun souvenir de l'avoir laissé derrière moi. Je me sens sur la défensive à la pensée de mes agissements d'hier.

— J'espère que tu n'as pas l'intention d'utiliser mon attitude d'hier contre moi dans l'élection. Je ne voudrais pas être ridiculisée une deuxième fois.

Elle tapote le banc près d'elle.

— Pas du tout. Viens t'asseoir, il faut que je te parle.

J'obéis. Je crève de peur. Elle va me remettre à ma place une fois pour toutes et je vais encore rester seule avec mon petit bonheur.

— Claude, tu ne peux pas savoir à quel point je m'en veux pour la rencontre du cimetière. Je ne savais pas... je ne savais pas que ton père était mort. Vicky me l'a raconté hier. Je comprends ta colère en me voyant là. Si tu me penses insouciante au point d'ignorer ta peine, tu te trompes.

On approche du noeud de l'histoire. Je le sens distinctement. Puis elle se lance.

— Il y a deux ans, mon père s'est tué dans un accident de voiture.

Le silence qui suit cette déclaration dure mille ans.

Nous ne bougeons pas ni l'une ni l'autre, nous scrutant au fond des yeux. Si je m'y attendais. Je m'en voudrais de prononcer les phrases vides et sans réconfort que j'ai entendues trop souvent. Je suis hébétée. Elle est comme moi. Elle sait, elle comprend.

— Je... je suis désolée.

Aïe, je l'ai prononcée, la phrase qu'on ne veut pas entendre dans ces cas-là.

— Je veux dire, je m'excuse pour ma crise dans le cimetière. Si j'avais su.

— Tu ne pouvais pas savoir.

— Le cimetière, c'est être avec lui parfois.

— Je fais pareil.

Nous nous sourions, de la mélancolie dans les yeux. Nous voguons dans la même galère et il me semble qu'une brume chaude nous entoure pour nous protéger. Je me sens proche d'elle, plus proche que je ne le suis de personne d'autre.

— Je peux te raconter? Tout ce que je ne raconte pas d'habitude?

Parler, dire enfin ce qui croupit dans le fond du coeur. Je connais ce besoin.

— Raconte.

Elle regarde ses mains comme si elle lisait dedans.

— Nous étions à une grande fête familiale. Il est allé essayer la voiture de mon oncle. Je ne sais pas comment, l'auto

a dérapé. La nouvelle nous a frappés comme une bombe. Toute la famille, mes tantes, mes oncles, les grands-parents, s'est effondrée. Nous autres, maman et ses enfants, on était perdus. On aurait souhaité être seuls. Mais tout le monde a voulu nous aider.

«C'était si lourd. Il a été enterré au cimetière de Des Pins, la ville où j'habitais avant. Moi aussi, j'allais parfois passer du temps près de sa tombe. Juste pour être avec lui. Après, quand tout a été fini, c'est drôle, tout avait changé. On aurait dit que j'avais honte que mon père soit mort.

«J'ai été contente de déménager. Puis j'ai compris que je ne pourrais plus aller au cimetière quand l'envie m'en prendrait. C'est pour ça que tu m'as trouvée là, samedi. Un cimetière en vaut peut-être un autre.»

Je suis émue, replongée subitement, profondément dans toutes les émotions qui ont entouré la mort de mon père. De savoir qu'Anne a vécu la même chose me bouleverse. On se regarde comme si on ne s'était jamais vues. Je me sens liée à elle comme je ne l'ai jamais été à quelqu'un. Est-ce que c'est ça avoir une amie?

Chapitre VIII
Drôle d'élection

Le lundi, notre retour à l'école a été spectaculaire. Tout le monde a tout de suite vu qu'il y avait quelque chose de changé. Il devait y avoir une sorte d'aura autour de nous. On s'est rencontrées devant la cour d'école, naturellement. Sans que je lui aie demandé de m'attendre, elle était là. On avait peu à se raconter. On avait passé l'après-midi du dimanche à placoter.

Avant qu'elle parte de chez moi, on avait échangé nos numéros de téléphone et on avait jasé toute la soirée. Je sais tout d'elle ou presque. Sa mère s'appelle Jackie et son frère est plus jeune qu'elle. Il est pensionnaire dans une école privée. Anne s'en ennuie énormément. C'est étrange de voir une fille à qui son frère manque.

On entre ensemble dans la cour, en rigolant. Anne est drôle, je ne l'aurais pas

cru. Irène, Vicky et Lili sont venues rôder. Elles savaient tout de mon dimanche avec Anne. Elles ne semblaient pas priser ma présence. Elles avaient l'air d'avoir avalé leur cuillère au déjeuner et qu'elles leur étaient restées en travers de la gorge.

Quand nous nous sommes assises à nos bureaux, nous avons vraiment mesuré notre chance d'être côte à côte. Il n'a pas fallu une heure pour que la nouvelle fasse le tour de la classe. L'avant-midi s'est déroulé comme un charme. Je n'étais plus une étrange bestiole seule dans son coin. Non. J'avais une amie, une vraie.

Anne paraissait aussi soulagée d'avoir partagé avec moi ses pensées les plus sombres et ses peines les plus profondes. Elle savait avec certitude que je les ressentais et que je les comprenais. Que demander de plus? À la récréation, les trois D m'ont prise d'assaut. Mon petit monde a subi encore une fois son lot de vagues.

— Tu vas déserter ou quoi?

Daniella est plus directe qu'un coup au menton.

D'abord, je ne saisis pas. Déserter, quoi, qui? Et puis tout me revient: l'élection, ma candidature et Anne! Aïe, quelle tuile! Est-ce que je vais me présenter contre ma nouvelle meilleure amie? Ou vais-je laisser choir ceux qui ont cru en moi? Pour une fois que deux avenues s'ouvrent devant moi, est-ce que je vais devoir en fermer une pour sauver l'autre?

David explique la situation en détail.

— Nous sommes 27 dans le groupe. Pour l'instant, Max Moreau va chercher 7 voix, Anne, 10 et toi, 10. Vous êtes coude à coude. Il faut travailler encore un peu pour que tu l'emportes. On a jusqu'à demain matin pour aller chercher un vote.

Je réfléchis un moment. J'entrevois peut-être une issue. Il n'y a pas mille solutions pour l'instant, mais il y a moyen de tirer mon épingle du jeu.

J'encourage mes troupes:

— On ne change rien au plan. Je suis persuadée que tout va aller comme sur des roulettes.

Dwaine pousse un cri venu du coeur qui me glace d'effroi:

— Claude! Claude! Claude! Présidenteeeeeeeee!

Quand je retrouve Anne près de la clôture, elle a un petit sourire en coin.

— Tu veux que je te présente mes amies?

Je grimace.

— Ce n'est peut-être pas l'idéal. On peut attendre après les élections, non?

C'est à son tour de frémir.

— Ah ça, j'avais presque oublié. Tu y tiens vraiment à devenir présidente?

Je gratte le sol du bout de ma chaussure.

— Je ne veux pas abandonner ceux qui m'ont fait confiance.

Elle me fait son sourire franc et direct.

— Pareil pour moi. Alors on continue. Et je souhaite que tu gagnes.

Je n'en pense pas moins.

— Je souhaite que toi, tu gagnes. Tu le mérites et je te vois très bien représenter tout le monde.

Pour toute réponse, elle m'entraîne à l'écart.

— Je t'ai apporté quelque chose. Très personnel.

Elle sort de sa poche une petite photo format passeport. Son père. Elle lui ressemble autant qu'une fille peut ressembler à son paternel. Je suis touchée.

— Il était beau.

Elle ne répond rien, me fixe droit dans les yeux avec tristesse. On dirait la mienne.

* * *

Le lendemain, les élèves sont surexcités. C'est aujourd'hui l'aboutissement de la courte campagne électorale de la classe de Lydia. Max Moreau a mis un veston et une cravate, et il a tellement de gel dans les cheveux qu'ils lui font un casque. Anne et moi, on a tout l'air d'être les candidates du peuple. Pantalons marine et chemisiers blancs.

Nous ne nous sommes pas consultées la veille, pourtant nous sommes habillées quasiment pareil. Je ne sais pas si nous sommes toutes les deux parfaitement inconscientes de ce qui peut se produire tout à l'heure. Nous avons plutôt le sourire accroché aux lèvres, tant la situation nous amuse. Je suis tranquille. Il faut dire que j'ai un plan dont je ne suis pas peu fière.

Lydia installe l'isoloir derrière lequel nous allons voter à tour de rôle. Une musique douce flotte sans doute pour adoucir nos moeurs, comme le prétend l'adage. Après les consignes qui n'en finissent plus, le scrutin commence enfin. Notre professeure a suggéré que chacun se plonge dans un livre en attendant son tour d'aller aux urnes.

Et c'est parti. Les électeurs défilent l'un après l'autre et tracent le petit «x» fatidique sur le bulletin. Quand mon tour arrive, je suis détendue et prête à tout. Je dessine ma petite croix, sûre de moi en mon âme et conscience. Que le meilleur gagne! Je n'ai qu'une hâte, que tout soit terminé et que les amitiés reprennent. Je suis maintenant certaine que je préférerais voir Anne gagner.

Il fallait y penser avant, c'est certain, et ne pas me présenter. Mais les choses étaient tout autrement à ce moment-là. Je respire profondément. Tout le monde a voté et Lydia procède au dépouillement. Les trois piles de bulletins ont l'air pareilles et ça me rend dingue. Il va bien falloir que quelqu'un se démarque.

— Voici les résultats, clame Lydia. Nous avons deux vainqueurs avec 10 voix: Claude Merle et Anne Robin.

Les oh! et les ah! montent dans la pièce. Le suspense n'est pas fini. Je n'en crois pas mes oreilles. Je regarde mes fidèles trois D qui n'en reviennent pas eux non plus. Leurs calculs étaient pourtant justes. J'ai un petit secret et je crois qu'il s'est retourné contre moi. Je regarde Anne qui me sourit en hochant la tête.

— Je propose que Claude et moi, on se réunisse quelques minutes. Il faut qu'on se consulte.

Lydia approuve et nous laisse sortir. Aussitôt dans le corridor, Anne éclate d'un rire incontrôlable. Elle a peine à parler tellement elle rit.

— Tu… Je ne peux pas croire… Tu as fait ça!!!

Son rire est contagieux et je m'y mets moi aussi, dépassée par les événements. Puis tout à coup, je saisis: elle a fait la même chose que moi. Nous rions à nous en décrocher les mâchoires. Quand enfin nous reprenons nos esprits, elle déclare:

— Tu as voté pour moi.

— Oui, je voulais que tu gagnes et je ne voyais pas d'autres façons. Mais je n'avais pas prévu que tu allais faire exactement la même chose.

Elle rit encore.

— J'aurais dû m'en douter. Et maintenant?

Chapitre IX
Anne-Claude

Souper mémorable. Quatre duos d'amis sont réunis autour de la table. Enfin, j'ai une amie à moi, ma précieuse Anne à mes côtés. Il me semble que je vais prendre plus de plaisir que jamais à ces soirées qui n'en finissent plus. Ma mère et Monique sont au courant du deuil d'Anne et ça la rend encore plus chère à leurs yeux.

Ce soir, nous fêtons notre victoire. Anne et moi sommes coprésidentes de la classe. Nous avons proposé de former une présidence commune, deux représentantes valent mieux qu'une, non? Lydia a été épatée, mais pas autant que ma famille qui se mourait d'envie de découvrir cette Anne. Et elle est là, au milieu de nous comme si elle y avait toujours été.

Après la soirée, je lui ouvre ma chambre. Elle adore mes toiles, j'en suis ravie parce que c'est la première fois que je les montre à quelqu'un de mon âge. Quelques chansons de Brel lui sont familières et elle est très curieuse d'en connaître d'autres. Ma chambre lui semble formidable. Je suis flattée: cette pièce, c'est tout moi!

Boris le chat, qui n'aime personne plus que moi, s'empresse de monter sur les cuisses de mon amie. Anne le caresse derrière les oreilles et il aime tellement ça que j'ai peur qu'il roule par terre. Zabeth a passé le souper à ses pieds. Anne a séduit tout mon monde.

Nous avons un projet: passer une nuit avec nos pères. Nous ne savons pas encore comment nous nous y prendrons. Mais c'est notre secret et notre principal sujet de conversation. Il faudra s'organiser pour se rendre à Des Pins et y rester pour une nuit. Nous avons bien le temps d'y penser. Pour l'instant, nous portons nos papas dans nos coeurs. C'est le mieux que nous puissions faire.

Mon frère est venu frapper à la porte, prétextant un disque emprunté pour lorgner Anne encore une fois. Je le connais, il la trouve mignonne. Carl est à cet âge où les filles l'attirent et le rebutent. Un moment, il vante leur beauté et la seconde d'après, il les fuit. De toutes manières,

Anne n'est pas ici pour lui! Qu'il aille courir les rues avec Fred, cet orang-outang.

Que les frères sont idiots et inutiles parfois. Mais que les amis sont essentiels! Indispensables et précieux! Depuis peu, je m'appelle Anne-Claude.

Table des matières

Achevé d'imprimer
sur les presses de Litho Acme inc.